La princesse de Clèves

FichesdeLecture.com

La princesse de Clèves (Fiche de lecture)

I. INTRODUCTION

L'œuvre :

La Princesse de Clèves est un roman basé sur la vie sentimentale d'une jeune femme très en vue à la cour du roi Henri II, dans la deuxième partie du XVIe siècle. Dès la parution, le succès public est immédiat et le livre est salué par les cercles littéraires de l'époque. Il est l'objet de débats passionnés autour de l'identité cachée de l'auteur, car il fût publié de manière anonyme, et on s'intéresse beaucoup au caractère du personnage principal. En effet, la psychologie de Mme de Clèves, particulièrement soignée, donne à l'œuvre une couleur moderne tout à fait nouvelle. Si le roman ne se démarque pas totalement des influences de son temps, notamment du style précieux en vogue à l'époque, il ouvre aussi la voie à un nouveau type de littérature, le roman psychologique.

L'auteur :

Marie-Madeleine Pioche de La Vergne, comtesse de Lafayette, et plus connue sous le nom de Madame de Lafayette, est une écrivaine française née en 1634 à Paris et morte en 1693. Elle est issue d'une famille de la petite noblesse et c'est son mariage avec le comte de Lafayette qui lui ouvre les portes de la vie mondaine et des cercles littéraires parisiens. À Paris, elle fonde son propre salon littéraire dont le succès est fulgurant, et elle se lie d'amitié avec les grands auteurs français de l'époque. Elle écrit sous pseudonyme, y compris pour son roman le plus célèbre, *La Princesse de Clèves*, qui lui vaut un succès public considérable et la reconnaissance de ses pairs.

II. RÉSUMÉ DU ROMAN

Première partie

À Paris, en 1558, une jeune femme apparait pour la première fois à la cour du roi François II. Bien que peu habituée aux usages de la cour, Mademoiselle de Chartres impressionne par sa grâce, sa beauté et son élégance. Ses vertus, qui sont nombreuses, elle les doit à l'éducation très stricte de sa mère, Madame de Chartres. La beauté exceptionnelle de mademoiselle de Chartres ne laisse aucun jeune prince indifférent, et l'un d'eux, monsieur de Clèves, tombe amoureux de la jeune femme après l'avoir croisé chez un bijoutier.

Monsieur de Clèves est un homme timide, qui redoute les rivalités amoureuses et qui pendant longtemps n'ose aborder la jeune femme. Mais son rang et sa condition vont jouer en sa faveur. Madame de Chartres estime en effet que monsieur de Clèves est sûrement le meilleur parti pour sa fille. Il épouse donc la jeune femme qui devient madame de Clèves. Mais, ce mariage de raison ne satisfait guère la jeune princesse, qui n'éprouve ni passion ni amour pour celui qu'elle a épousé. Toutefois, fidèle à ses principes de discrétion et à ses vertus morales, elle ne se plaint pas et lui cache ses sentiments véritables.

Un jour, un jeune prince très en vue, le duc de Nemours, fait son retour à la cour après plusieurs mois d'absence. Lors d'un bal, il rencontre madame de Clèves et dès le premier regard, les deux jeunes gens tombent amoureux. Bien que leur complicité soit évidente, aucun des deux ne fait part de ses sentiments à l'autre. Quelques semaines s'écoulent. Madame de Chartres, tombée malade, meurt et sa fille décide de se retirer quelque temps à Coulommiers.

Deuxième partie

À Coulommiers, madame de Clèves fait ce qu'elle peut pour oublier le duc de Nemours. Monsieur de Clèves la rejoint et lui raconte l'histoire de son ami, monsieur de Sancerre, et de son amour tragique pour madame de Tournon. Cet homme fût désespéré d'apprendre que madame de Tournon, qu'il aimait profondément, avait promis à un autre de l'épouser. Une nouvelle terrible qu'il apprit à l'occasion du décès de madame de Tournon, et qui décupla sa douleur.

Monsieur de Clèves souhaite retourner à Paris pour soutenir son ami dans le deuil, tandis que sa femme préfère rester quelque temps de plus à Coulommiers. Il ignore que s'il s'éloigne d'elle, elle pourrait de nouveau penser au duc de Nemours, qu'elle ne parvient jamais à oublier tout à fait. Madame de Clèves s'en veut d'éprouver de tels sentiments, mais, armée de sa vertu et de sa raison, elle reste fidèle à son mari et trouve la force de revenir à Paris.

Un soir, elle surprend le duc de Nemours qui subtilise un portrait d'elle pour le garder dans sa poche, et elle comprend dès lors que le jeune homme l'aime passionnément. Une intuition qui se confirme le jour où il chute de cheval à l'occasion d'un tournoi. Elle se précipite auprès de lui pour l'aider, et lorsqu'elle le relève, ils échangent un regard long et intense. Cet instant de révélation amoureuse trouble la jeune princesse.

Rapidement, le trouble qu'elle éprouve cède la place à la jalousie. Un jour, une lettre tombée de la poche du jeune duc laisse à penser qu'il entretient une relation avec une maitresse.

Troisième partie

La lettre n'appartient pas au duc de Nemours, mais au vidame de Chartres, qui se trouve dans une situation très embarrassante. Cet homme a toute la confiance de la reine et depuis longtemps, il est devenu son confident officieux. Mais en échange de sa confiance, elle lui a fait jurer qu'il n'entretenait aucune relation avec une femme de la cour. Or, la lettre qu'on a retrouvée atteste qu'il a menti. Si la reine l'apprend, le vidame pourrait subir une terrible colère royale. Une perspective qui l'effraie et qui le pousse à demander son aide au duc de Nemours. Le jeune homme accepte et en profite pour expliquer toute l'histoire à Madame de Clèves, heureuse et soulagée d'apprendre que ce n'est pas celui qu'elle aime qui a une maitresse.

Ensemble ils écrivent un faux, mais l'effort est inutile car ils ne parviennent pas à duper la reine, qui se venge alors du vidame. Cette aventure fût surtout l'occasion pour les deux jeunes gens de réaliser à quel point ils étaient attirés l'un par l'autre. Effrayés par des sentiments qu'elle craint ne plus pouvoir contrôler, madame de Clèves s'éloigne encore une fois en se retirant à Coulommiers.

Elle ne veut plus retourner à Paris et avoue à son mari qu'elle éprouve des sentiments pour une personne dont elle refuse de dévoiler l'identité. Malgré ses craintes, elle lui promet de lui rester fidèle et monsieur de

Clèves se montre compréhensif. Mais, cette conversation qui aurait dû rester secrète est épiée par le duc de Nemours, venu à Coulommiers pour essayer d'apercevoir celle qu'il aime.

Monsieur de Nemours raconte une partie de l'histoire au vidame. Il prétend qu'un de ses amis aime une femme mariée, et que le mari a été mis au courant de toute la situation. La rumeur se propage à la cour et revient aux oreilles de madame de Clèves, qui est persuadée que c'est son mari qui l'a trahi en allant raconter toute l'histoire. Le couple se déchire autour de cette question, chacun pensant que c'est l'autre qui a trop parlé.

À Paris, lors d'un tournoi, le roi est blessé à l'œil et meurt des suites de ses blessures.

Quatrième partie

Le roi est enterré et c'est François II, sacré à Reims, qui accède au trône. Monsieur de Clèves cherche à démasquer celui que sa femme aime secrètement et se convainc peu à peu qu'il ne peut s'agir que du duc de Nemours. Il accompagne le roi et la cour à Chambord, tandis que madame de Clèves se retire à Coulommiers. Un soir, le duc de Nemours quitte Chambord pour une raison confuse. Monsieur de Clèves le soupçonne de vouloir se rendre à Coulommiers et charge un gentilhomme d'espionner le jeune prince pour voir si ses soupçons sont fondés.

En effet, monsieur de Nemours se rend à Coulommiers et à la tombée de la nuit, il aperçoit madame de Clèves dans le jardin du château. Elle le voit aussi et s'enferme à l'intérieur plutôt que de le laisser entrer. Le duc de Nemours passe la nuit seul dans le jardin. Le lendemain, il lui rend visite, accompagné de sa sœur.

L'espion de monsieur de Clèves a cru que le jeune prince avait passé la nuit avec madame de Clèves et rapporte cette nouvelle au mari, qui, fou de désespoir, tombe gravement malade. Sa femme le rejoint, et lui l'accuse d'être responsable de son état. Il meurt quelques heures plus tard. Son décès plonge madame de Clèves dans une profonde tristesse. Elle part s'isoler longuement, tandis que le duc de Nemours tente par tous les moyens de la revoir.

Ils se rencontrent encore une fois, mais les espoirs du duc sont rapidement anéantis. Madame de Clèves ne se pardonne pas la mort de son mari, dont elle tient monsieur de Nemours pour en partie responsable. Bien que toujours amoureuse du jeune prince, elle préfère écouter sa raison, et tenter de rester vertueuse. Elle sombre dans une profonde mélancolie, perd peu à peu gout à la vie, et voyage pour essayer d'oublier sa condition.

Elle se retire dans un couvent et refuse de voir monsieur de Nemours lorsqu'il se présente. Sa passion amoureuse s'éteint peu à peu, et elle meurt encore jeune, après quelques années passées en retrait du monde, et « *sa vie, qui fut assez courte, laissa des exemples de vertus inimitables* ».

III. PRÉSENTATION DES PERSONNAGES

- Madame de Clèves

Héroïne du roman éponyme (*La Princesse de Clèves*), elle hérite de ce nom après son mariage, mais apparait la première fois sous le nom de mademoiselle de Chartres, fille de madame de Chartres. C'est une jeune femme d'une très grande beauté qui fait une entrée remarquée à la cour du roi. A sa beauté s'ajoutent une grâce qui la rend lumineuse et une vertu que l'éducation très stricte de sa mère lui a apportée.

Bien que follement amoureuse, elle ne laisse jamais sa passion l'emporter sur sa raison et adopte toujours une attitude morale et convenable. Sur ce point, elle contraste beaucoup avec d'autres membres de la cour, aux mœurs plus légères et libertines. Sa droiture morale est remarquable, mais pèse sur son cœur. Elle est régulièrement obligée de feindre d'être malade, ou de s'éloigner de Paris pour ne pas céder à ses sentiments et cacher aux autres le conflit qui la ronge.

- Le duc de Nemours

Le duc de Nemours jouit d'une belle réputation dans les milieux royaux européens. Jeune homme de très bonne situation, bien fait de sa personne, il est célèbre pour son charme irrésistible et ses nombreuses conquêtes amoureuses. Son caractère libertin s'efface peu à peu lorsqu'il rencontre madame de Clèves. Dès lors, il tombe éperdument amoureux et abandonne ses ambitions pour le trône d'Angleterre.

Bien qu'épris de madame de Clèves, il respecte pendant longtemps son mariage, et ne lui avoue pas ses sentiments, même s'il se trahit parfois de manière plus ou moins consciente. Au fur et à mesure de l'histoire, il cache de moins en moins son jeu, et va jusqu'à provoquer ouvertement l'occasion de passer du temps avec elle dès qu'il le peut.

– Monsieur de Clèves

Fils du duc de Nevers, issu d'une famille de haut rang, c'est un homme qui respecte l'autorité paternelle. Ainsi, il écoute son père lorsque celui-ci s'oppose à l'idée d'un mariage avec mademoiselle de Chartres et ne change d'avis qu'une fois qu'il sera décédé. De nature timide et effacée, il ne parvient jamais réellement à séduire madame de Clèves.

Il aime profondément sa femme, au point d'accepter l'idée qu'elle puisse aimer quelqu'un d'autre. Il la traite avec soin et dévouement, et sa droiture morale suscite chez elle beaucoup de respect, à défaut d'amour passionnel. Il l'aime au point de mourir de chagrin le jour où il croit qu'elle l'a trompé avec le duc de Nemours.

– Madame de Chartres

Mère de madame de Clèves, elle est très attachée aux vertus morales, à la bienséance, et soucieuse de l'image qu'elle et sa fille donnent en public. Pour toutes ces raisons, elle lui transmet une éducation très stricte et continue de la conseiller sans cesse, jusqu'à ce qu'elle meurt dans la première partie du roman. C'est aussi elle qui arrange le mariage avec monsieur de Clèves, qu'elle estime être un bon parti.

– Le vidame de Chartres

Le vidame de Chartres est un noble (vidame est un titre de noblesse), confident de la reine et oncle de la princesse de Clèves. Il perd sa réputation et son statut de proche de la reine lorsqu'elle apprend qu'il entretient une liaison avec une femme de la cour. Il est proche du duc de Nemours, pour qui il essaie d'organiser des rencontres avec la princesse de Clèves.

– La reine Catherine de Médicis

Femme d'Henri II, on dit d'elle que c'est une femme d'une incomparable beauté, à l'esprit vif et surprenant. Elle a plusieurs ennemis à la cour, dont madame de Valentinois, maitresse du roi son mari. Elle est peu présente dans l'histoire, si ce n'est lorsque l'on apprend qu'elle s'est vengée du vidame de Chartres, coupable de lui avoir caché une de ses liaisons.

– Autres personnages

Parmi les autres personnages de moindre importance, on retiendra le roi Henri II, dont on évoque la mort suite à un accident lors d'un tournoi et son fils, François II, qui prendra sa succession.

Madame de Valentinois est la rivale de la reine, car elle est amoureuse du roi depuis longtemps.

La dauphine est au centre des attentions de la cour, car très mondaine, et elle est à l'affut des histoires secrètes qui ont lieu autour d'elle.

Monsieur de Guise est un homme qui fût amoureux de madame de Clèves et qui regretta longtemps qu'elle ait épousé monsieur de Clèves.

IV. AXES DE LECTURE

La Princesse de Clèves est une œuvre charnière, c'est-à-dire influencée par les mouvements littéraires qui l'ont précédé, mais qui aussi propose de nouvelles perspectives pour les écrivains des siècles suivants. Le roman est à la fois un livre historique, une œuvre d'introspection psychologique et un témoignage du courant littéraire précieux. Sous ces aspects multiples, il est l'occasion pour l'auteur d'évoquer les thèmes du paraitre, du caché, du mensonge, mais aussi de questionner un des grands motifs de la littérature, celui de l'amour impossible et de l'éternel affrontement entre raison et passion.

– Peut-on classer le roman ?

Un roman historique ?

La Princesse de Clèves articule plusieurs courants littéraires et s'appuie à la fois sur la tradition et la modernité. C'est un roman multiple, dont la catégorie la plus facilement identifiable est la dimension historique. Dimension historique d'abord pour les personnages, dont très peu sont fictifs. Dans le roman, la cour d'Henri II est proche de celle que décrivent les historiens, et l'auteur élabore son récit en s'appuyant sur les rois Henri II puis François II, la reine mère Catherine de Médicis, mais aussi Diane de Poitiers ou encore Marie Stuart, la famille de Guise, etc.

Les seuls personnages fictifs sont, assez significativement, les personnages principaux, pour des raisons qui seront abordées plus tard. Madame de Clèves, le duc de Nemours et monsieur de Clèves sont, pour leurs parts, des personnages inventés.

Le récit est construit sur des événements historiques qui permettent à l'intrigue d'évoluer. C'est par exemple la mort d'Henri II, puis le sacre de François II et le voyage à Chambord, qui vont accélérer le dénouement dramatique de la passion secrète entre madame de Clèves et le duc de Nemours.

Enfin, le roman traduit avec précision les moeurs et comportements de la cour. Le libertinage, les cachotteries, les mensonges et manipulations sont, de l'aveu même de l'auteur, des transcriptions fidèles de ce que pouvait être la cour de France à l'époque en question. Une période où les mariages arrangés pour des raisons de pouvoir sont légion, et durant laquelle « *l'amour était toujours mêlé aux affaires, et les affaires à l'amour* ». Raison pour laquelle mademoiselle de Chartres épouse monsieur de Clèves, car « *La qualité de son mari lui donna de plus grands privilèges* ».

Un roman précieux

Le roman n'est pas véritablement un roman historique, bien qu'il s'appuie sur l'histoire de France pour établir un cadre et des personnages. Si on le met en perspective avec l'histoire de la littérature, on remarque qu'il est au cœur d'une période influencée par *la préciosité*. Le mouvement précieux est un courant littéraire du XVIIe siècle, qui se distingue par un vocabulaire soutenu et l'invention de néologismes, par la mise en avant des comportements dignes et du respect des mœurs, et par la célébration d'un amour à la fois pur, impossible et idéalisé.

La Princesse de Clèves n'échappe pas à toutes ces caractéristiques, qui sont à la fois le moteur de l'intrigue et la source des contradictions des personnages principaux. Le respect des mœurs et de la bienséance empêchent madame de Clèves et le duc de Nemours d'accéder au bonheur. Ils sont victimes d'une passion à laquelle madame de Clèves refuse de céder et qui donne naissance à un amour impossible entre deux jeunes gens victimes des traditions de leur époque.

Toutefois, si le roman recèle en apparence des motifs du mouvement précieux, ce serait une erreur de le réduire à un courant souvent moqué par les grands auteurs du XVIIe siècle, comme Molière ou La Fontaine. Au contraire, *La Princesse de Clèves* a été salué par les cercles littéraires de l'époque pour ses qualités remarquablement modernes.

Dimension psychologique

C'est la dimension psychologique et l'introspection qui donnent toute sa modernité au roman. Fait assez nouveau, l'auteur observe au plus près son personnage, ses réflexions, sa psychologie. Le lecteur est placé dans l'esprit de madame de Clèves et il est en mesure de comprendre ses contradictions et les choix difficiles qu'elle doit faire.

Plutôt que d'élaborer une intrigue, du mouvement, des actions, madame de Lafayette explore la psychologie des personnages principaux. On considère que c'est la première fois dans l'histoire de la littérature que ce procédé est utilisé, du moins dans de telles proportions.

–   Jeux de dupes

Une des dimensions historiques du roman tient dans la description des mœurs et des attitudes à la cour du roi de France. Un lieu où le mensonge, le paraitre, les cachotteries sont quotidiens, et ces comportements deviennent un des thèmes importants de l'œuvre de madame de Lafayette.

Paraitre

On comprend dès les premières lignes qu'à la cour, tout n'est qu'histoire d'apparences. Il faut cacher ses pensées, dissimuler ses actes, et faire bonne impression dès qu'une personne vous observe. Ce jeu de dupes tend à compliquer les relations entre les personnages, voir à les heurter lorsqu'il s'agit de personnes pures comme l'est madame de Clèves. La jeune femme a été préparée par sa mère à affronter ce monde du mensonge permanent : « *Si vous jugez sur les apparences en ce lieu-ci (…) vous serez souvent trompée* ». Mais son caractère intrinsèquement honnête et franc lui joue des tours, et parfois « *elle n'était plus maitresse de cacher ses sentiments* ». Si elle fait tout ce qu'elle peut pour cacher, dissimuler et paraitre, madame de Clèves est plusieurs fois obligée de prétexter qu'elle est malade pour ne pas prendre le risque de se trahir. Plusieurs fois aussi, elle part à Coulommiers, pour s'éloigner de la cour, car elle n'est plus en mesure de faire semblant.

Si tout le monde joue le jeu des apparences, personne n'est dupe. Chacun connait la règle du paraitre et accepte de s'y plier. Ainsi, le duc de Nemours n'aime pas que ses maitresses aillent au bal, car le bal n'est pour lui qu'un lieu d'apparences où on se pare pour plaire au plus grand nombre. La reine elle-même souffre de cet état de fait qui semble indépassable. Elle éprouve le besoin de se trouver un confident, auquel elle pourra parler en toute franchise, sans craindre d'être sincère. Mais ce confident, elle doit aussi le menacer pour s'assurer de son intégrité, et c'est ce qui coutera sa carrière et sa réputation au vidame de Chartres.

Construction de phrases et vocabulaire

Les apparences et les mensonges sont aussi la source d'un style particulier développé par l'auteur. Style qui repose entre autres sur un champ lexical très fourni autour du thème du paraitre. À de nombreuses reprises, on relève les mots suivants : *feindre, paraitre, prétexte, faire entendre, déguiser la vérité, dissimuler, cacher, faire croire, secret, confiance, parole, bruits, rumeurs, faux serments, soupçons.*

Un vocabulaire qui caractérise les personnages et leurs comportements. Bien que le terme soit anachronique pour l'époque, on pourrait dire des personnages qu'ils sont plongés dans une profonde schizophrénie. Schizophrénie qui vient de la césure entre le besoin de pouvoir se confier sincèrement et l'acceptation d'un état de fait, celui du mensonge permanent. Cela donne lieu à des constructions de phrases tout à fait singulières lorsqu'ils s'expriment. Ainsi, lorsque monsieur de Guise veut dire à madame de Clèves qu'il éprouve des sentiments pour elle, il le fait de manière détournée, en parlant de monsieur de Nemours et de la façon suivante : *« je viens de perdre la triste consolation de croire que tous ceux qui osent vous regarder sont aussi malheureux que moi ».* Une tournure bien compliquée pour simplement dire : « moi aussi je vous aime ».

Hypocrisie à la cour

Les personnages sont dans l'incapacité de s'exprimer de manière directe et sincère, ce qui tend à accroitre leur malheur et à renforcer leurs contradictions. Et cette douleur qu'ils entretiennent est exacerbée par la violence de la cour, hypocrite et inquisitrice. Car à la cour, on ment et on trahit les secrets, même lorsqu'on a promis de les garder farouchement. C'est une des raisons pour lesquelles monsieur de Clèves aime tant sa femme, la seule personne en qui il ait vraiment confiance et à qui il avoue : *« la confiance et la sincérité que vous avez pour moi sont d'un prix infini »*.

Le jeu des apparences est d'autant plus violent qu'à la cour, on est sans cesse épié, disséqué, analysé. Tout le monde observe l'autre, car c'est un lieu dans lequel, selon le vidame de Chartres, *« on vous observe (…), on a dessein de vous y surprendre »*. On cherche à savoir si vous mentez et à profiter de vos faiblesses. Raison qui explique pourquoi le mensonge est tant utilisé, puisqu'il constitue une protection dans un lieu où *« on songeait à s'élever, à plaire, à servir ou à nuire »*.

–   L'amour, idéal inaccessible

Libertinage et bienséance

Le sentiment d'amour, dans **La princesse de Clèves**, est tributaire de deux types de comportements fréquents à la cour. D'abord, le libertinage, soit la multiplication des relations adultères, des amants, des maitresses, et donc des mensonges et cachotteries qui l'accompagnent. Madame de Clèves est amoureuse du duc de Nemours, mais elle est aussi effrayée de savoir qu'*« il avait un nombre infini de maitresses »*. Sur ce point, on peut aussi parler de fidélité historique.

Mais si les mœurs libertines constituent un obstacle à l'amour véritable, elles doivent toutefois demeurer secrètes, car elles sont contraires aux règles de la bienséance. On est face à une hypocrisie généralisée, à des antagonismes entre les actes, de nature libertine, et les paroles, qui prétendent que tout le monde se plie aux règles de la bienséance. L'héroïne est confrontée en permanence à ces doubles discours et à ces attitudes opposées, qui obscurcissent son jugement et portent atteinte à sa santé mentale.

Passion & raison

Contrairement aux personnages de la cour, madame de Clèves croit aux valeurs de la bienséance et respecte ce qui lui semble être moral. Elle tente d'avoir un comportement exemplaire, de ne pas seulement paraitre, mais d'être intègre, respectueuse et respectable. Il est intéressant de noter que seuls les personnages fictifs (madame et monsieur de Clèves, madame de Chartres et le duc de Nemours) on un comportement moral. Une façon pour l'auteur de se moquer des personnages historiques de la cour, y compris ceux de son époque ? Madame de Clèves écoute sa raison, cherche à être droite et vertueuse. Au point de refuser d'épouser le duc de Nemours même après la perte de son mari. Par respect pour le défunt, et aussi parce qu'elle se sent responsable de sa mort, *« elle s'abandonna à ces réflexions si contraires à son bonheur »*. Bien que n'étant pas amoureuse de son mari, et follement éprise du jeune prince, à aucun moment elle ne fait le choix de la passion. Elle privilégie le choix de la raison, même si son bonheur en est le prix à payer et choisit *« les raisons de son devoir, qui s'opposaient à son bonheur »*.

Une intransigeance morale qu'elle doit à l'éducation maternelle et qui la distingue de tous les autres personnages. Elle incarne la vertu, souvent synonyme de souffrances à payer et d'amour impossible. Une vertu qui trouve sa récompense dans le souvenir qu'elle laisse après sa mort, mais qui ne lui apporte que peu de satisfactions au cours de sa vie. Une vie de sainte d'une certaine manière, qui se confirme par la décision ultime qu'elle prend pour ne pas céder aux avances du duc de Nemours : elle se retire dans un couvent et se consacre à Dieu.

Amour impossible, moteur du roman

Le choix du raisonnable et du vertueux, le refus de la passion, nourrissent un des thèmes majeurs du roman, l'amour impossible.

L'amour est à la fois créateur de bonheur et de souffrances, et l'un ne va jamais sans l'autre. Dès les premières pages, monsieur de Clèves comprend que son amour pour la jeune demoiselle aura un prix, et il se demande : *« veux-je m'exposer aux cruels repentirs et aux mortelles douleurs que donne l'amour ? »* L'amour et la haine sont de proches parents, un thème cher à la littérature du XVIIe. Monsieur de Clèves confie à sa femme *« je vous adore, je vous hais »*, et on dit du duc de Nemours que, parce qu'il est amoureux, *« il se trouva cent fois heureux et malheureux tout ensemble »*.

Sur ce point, madame de Lafayette semble assez peu optimiste. Si l'amour est un des thèmes du roman, il sera toujours amour contrarié, déçu et objet de souffrances. Surtout, l'auteur ne semble pas croire que l'amour puisse résister au temps. Si l'héroïne admire son mari, à défaut de l'aimer, c'est parce que « *monsieur de Clèves était peut-être l'unique homme du monde capable de conserver de l'amour dans le mariage* ».

Un point de vue mélancolique, presque nihiliste, qui semble affirmer que l'amour véritable n'existe que de manière idéalisée. Il est platonique, en ce sens qu'il est une idée, une vue de l'esprit qui demeure inaccessible aux humains et qui n'a pas sa place dans le réel.

Dans la même collection en numérique

Escadrille 80

Inconnu à cette adresse

La controverse de Valladolid

Les Vilains petits canards

Une partie de campagne

Cahier d'un retour au pays natal

Dora Bruder

L'Enfant et la rivière

Moderato Cantabile

Alice au pays des merveilles

Le faucon déniché

Une vie

Chronique des Indiens Guayaki

Je voudrais que quelqu'un m'attende quelque part

La nuit de Valognes

Œdipe

Disparition Programmée

Education européenne

L'auberge rouge

L'Illiade

Le voyage de Monsieur Perrichon

Lucrèce Borgia

Paul et Virginie

Ursule Mirouët

Discours sur les fondements de l'inégalité

L'adversaire

La petite Fadette

La prochaine fois

Le blé en herbe

Le Mystère de la Chambre Jaune

Les Hauts des Hurlevent

Les perses

Mondo et autres histoires

Vingt mille lieues sous les mers

99 francs

Arria Marcella

Chante Luna

Emile, ou de l'éducation
Histoires extraordinaires
L'homme invisible
La bibliothécaire
La cicatrice
La croix des pauvres
La fille du capitaine
Le Crime de l'Orient-Express
Le Faucon malté
Le hussard sur le toit
Le Livre dont vous êtes la victime
Les cinq écus de Bretagne
No pasarán, le jeu
Quand j'avais cinq ans je m'ai tué
Si tu veux être mon amie
Tristan et Iseult
Une bouteille dans la mer de Gaza
Cent ans de solitude
Contes à l'envers
Contes et nouvelles en vers
Dalva
Jean de Florette
L'homme qui voulait être heureux
L'île mystérieuse
La Dame aux camélias
La petite sirène
La planète des singes
La Religieuse
1984 A l'Ouest rien de nouveau
Aliocha
Andromaque
Au bonheur des dames
Bel ami
Bérénice
Caligula
Cannibale
Carmen

Chronique d'une mort annoncée
Contes des frères Grimm
Cyrano de Bergerac
Des souris et des hommes
Deux ans de vacances
Dom Juan
Electre
En attendant Godot
Enfance
Eugénie Grandet
Fahrenheit 451
Fin de partie
Frankenstein
Gargantua
Germinal
Hamlet
Horace
Huis Clos
Jacques le fataliste
Jane Eyre
Knock
L'homme qui rit
La Bête humaine
La Cantatrice Chauve
La chartreuse de Parme
La cousine Bette
La Curée
La Farce de Maitre Pathelin
La ferme des animaux
La guerre de Troie n'aura pas lieu
La leçon
La Machine Infernale
La métamorphose
La mort du roi Tsongor
La nuit des temps
La nuit du renard
La Parure

La peau de chagrin

La Petite Fille de Monsieur Linh

La Photo qui tue

La Plage d'Ostende

La princesse de Clèves

La promesse de l'aube

La Vénus d'Ille

La vie devant soi

L'alchimiste

L'Amant

L'Ami retrouvé

L'appel de la forêt

L'assassin habite au 21

L'assommoir

L'attentat

L'attrape-coeurs

Le Bal

Le Barbier de Séville

Le Bourgeois Gentilhomme

Le Capitaine Fracasse

Le chat noir

Le chien des Baskerville

Le Cid

Le Colonel Chabert

Le Comte de Monte-Cristo

Le dernier jour d'un condamné

Le diable au corps

Le Grand Meaulnes

Le Grand Troupeau

Le Horla

Le jeu de l'amour et du hasard

Le Joueur d'échecs

Le Lion

Le liseur

Le malade imaginaire

Le Mariage de Figaro

Le meilleur des mondes

Le Monde comme il va

Le Parfum

Le Passeur

Le Petit Prince

Le pianiste

Le Prince

Le Roman de la momie

Le Roman de Renart

Le Rouge et le Noir

Le Soleil des Scortas

Le Tartuffe

Le vieux qui lisait des romans d'amour

L'Ecole des Femmes

L'Ecume Des Jours

Les Bonnes

Les Caprices de Marianne

Les cerfs-volants de Kaboul

Les contes de la Bécasse

Les dix petits nègres

Les femmes savantes

Les fourberies de Scapin

Les Justes

Les Lettres Persanes

Les liaisons dangereuses

Les Métamorphoses

Les Mouches

Les Trois mousquetaires

L'étrange cas du Dr Jekyll et de Mr Hyde

L'Ile Au Trésor

L'île des esclaves

L'illusion comique

L'Ingénu

L'Odyssée

L'Ombre du vent

Lorenzaccio

Madame Bovary

Manon Lescaut

Micromégas
Mon ami Frédéric
Mon bel oranger
Nana
Ne tirez pas sur l'oiseau moqueur
Notre-Dame de Paris
Oliver twist
On ne badine pas avec l'amour
Oscar et la dame rose
Pantagruel
Le Misanthrope
Perceval ou le conte du Graal
Phèdre
Ravage
Roméo et Juliette
Ruy Blas
Sa Majesté des Mouches
Si c'est un homme
Stupeur et tremblements
Supplément au voyage de Bougainville
Tanguy
Thérèse Desqueyroux
Thérèse Raquin
Ubu Roi
Un Barrage contre le Pacifique
Un long dimanche de fiançailles
Un secret
Vendredi ou la vie sauvage
Vipère au poing
Voyage au bout de la nuit
Voyage au centre de la terre
Yvain ou le Chevalier au lion
Zadig

À propos de la collection

La série FichesdeLecture.com offre des contenus éducatifs aux étudiants et aux professeurs tels que : des résumés, des analyses littéraires, des questionnaires et des commentaires sur la littérature moderne et classique. Nos documents sont prévus comme des compléments à la lecture des oeuvres originales et aide les étudiants à comprendre la littérature.

Fondé en 2001, notre site FichesdeLectures.com s'est développé très rapidement et propose désormais plus de 2500 documents directement téléchargeables en ligne, devenant ainsi le premier site d'analyses littéraires en ligne de langue française.

FichesdeLecture est partenaire du Ministère de l'Education du Luxembourg depuis 2009.

Plus d'informations sur www.fichesdelecture.com

ISBN: 978-2-511-02787-5

Notes :